The Fair
La fête foraine

Une histoire de Mellow
illustrée par Pauline Duhamel

Conception graphique : Claire!
© Talents Hauts, 2009
ISBN : 978-2-916238-68-5
Loi n° 49-956 du 16 juillet 1949 sur les publications
destinées à la jeunesse
Dépôt légal : octobre 2009
Achevé d'imprimer en Italie par ERCOM